NATIVE DAWTA

Poems

by

Ivy Claudette Armstrong

© 1995 by Ivy Claudette Armstrong
First Edition 1995

ISBN 976-625-072-3

All rights reserved. No part of this book may be reproduced in any form or by any means without the prior written permission of the publishers excepting brief quotes used in connection with a review written specifically for inclusion in a magazine or newspaper.

Published in 1998 by **Warica Productions, Inc.**
911 SW 87th Ave.
Pembroke Pines, FL 33025

Printed by Brentwood Books 4000 Beallwood Ave. Columbus, GA 31904

DEDICATED TO
Jamaicans scattered abroad.

ACKNOWLEDGEMENTS

I wish to thank Mrs Angela Shaw, my friend, for her encouragement. Special thanks to Mrs Joan Seaga Gonzalez of Jamaica United Relief Association (J.U.R.A.)

CONTENTS

Part I
DUNG A YAWD

	Page
Vignettes of Jamaica	3
Watchie	6
Bus Drive Jamaica Style	9
Miss Nana Frock	10
Starr Bwoy	11
Cutie's Wedding	12

Part II
GAL AN' BWOY

Chill Out	15
Ebeneezer White	16
'Cratch, 'Cratch	17
Neva H'again…	19
Front End Lifter	20
Elmas Brown's Burden	22
Egg an' Spoon Star	24

Part III
NYAMMINS

Teet' Attack	27
Bans a Nyammins	28
Ansa To Prayer	30
I Doan Eat Dat	32
Me Neva know	34

Part IV
FARRIN WORRIES

Native Dawta	37
Jamaica Suitcase	39
Gawn A Farrin Bar	40
Grannie's Parcel	42
Mi Mumma Gaan	44
Big Man Like Me	45
Me Waan Go 'Ome	46

Part V
HOLINESS UNTO DE LAWD

	Page
Me Mean Holiness	49
Walk Through De Gyadin	50
Cassie's Calling	51
Fait' Fi Gwaan	53
Dere Is A Betta Way...	55
Allelujah, Glory Allelujah	57
Gi' Me Full Deliverance	58
Draw Dung Fiyah	59
Confession *(Me Dweet)*	60
Poor Maas Tim *(One Day Christian)*	61
An A Done Said All	62

PART I

DUNG A YAWD

Irie, Brother, Peace and Love!

VIGNETTES OF JAMAICA

Rhythmn, Robert Nesta Marley
Cooking ital callaloo
Smoking pot while chanting praises
Nyabingi all night – Cho!
Artists painting by the wayside –
Images of Africa
Sons and Daughters flashing dreadlocks
Giving thanks and wearing colors
Irie, Brother, Peace and Love
I and I, Impersonation of
Haile Selassie, His Imperial Majesty
Jah! Jah! Rastafari!

Three o'clock and school is over
Little children must go home
Transportation – that's no problem
From Kingston to Spanish Town
Quarter million running roun' still
Bus jam-packed like sardine tin
"Come on little pickney, step up"
"Squeeze in, press down! push up, hang on –
Every body have fe get in,
Hol' on tight, Ga lang wid it, man."

Political discussion
Inside a local village bar.
Sam say he will die for P.N.P.
George say he's a Labourite, star.
One thing certain that inside there
J. Wray and Nephew is the boss
Appleton, Captain Morgan Rum
Flow like river o'er the rocks.
"Cheers to Manley", "This time Seaga
Lick you tail Bwoy, Bus' you shut."
Money spend and pocket empty
Not one cent left to pay the rent.

Pocomania meet'n swinging,
In Spanish Town Old Market Square
Drums a-beating, bodies shaking,
Turban headed "Mother" jumps
Gown a-flowing, Cane a-flying,
Revival time is cert'nly here.
Tambourines beating, dancers reeling
Open Bible, crowd spellbound
Chants in unison – "Holy, Holy,
Holiness." "Thus set' the Lawd."
Feet a-stomping, faces frenzied
Bodies writhing on the ground.

Going to Gran'ma in Westmoreland,
Pass Man Bump 'pon Spur Tree Hill.
At the roadside roast yam selling
Saltfish and pepper shrimp and Ting.
Country buses fully loaded
Doing seventy miles an hour.
"Nicodemus" and "Morning Star"
Flash like light'ning round the corner
'Ductor holler "Balaclava,
Batten dung now fe Sav-la-Mar."

Nine Night, time to remember Puncey.
"Lawd God, Bless the dear departed."
"Now pass roun' the hard-dough bread,
Boiled banana and mackerel rundung,
Potato pudd'n, choclate tea."
"We are gathered here together,
Fi remember dear Miss Puncey,
Nicer ooman, kin'er ooman,
Never walk the face of eart'."
Dinah clear her throat and bawl out
"But a she did tief me goat."

Attending a country wedding
Bridegroom nervous, choir singing
Bride is only three hours late.
Babs play the organ 'til she sweat.
Then things take on a holy hush –
The bride sweep in, "Whoy she look stush."
She dress in lace from head to foot;
Draped up by Sam in split tail coat.
The whole village is still in shock –
Postmissis married wort'less Mack.
You know, every dog have them day,
An' every puss them four o'clock.

WATCHIE

He hailed from St. Mary, Jamaica
A pot-bellied black man
with a pock-marked face,
thick, heavy lips which parted
to reveal large white teeth
shaped like axe blades.
These teeth were in constant view
for he never shut his mouth.

He had wide nostrils that flared
whenever he told a juicy suss ·
He possessed tiny beady eyes
that took in everything.

He was called "Watchie".

Delisser brought him to town
to watch Globe Cinema by night.
He had no plans for his life by day;
he hung out at my Dad's shoe shop
which was opposite to Globe Cinema.

He dipped his tongue into
everybody's business,
he listened intently
to all that was said
He interpreted what was not said.

He could tell that Ranny
was going to beat Melda,
long before the licks started
to fly. Yes, Watchie knew it,
and warned it.
He was always chatting.

He could have been called "Chatty."

Watchie never wore shoes, never did.
His toes spread out like ginger.
His feet were fissured and
ingrained with dirt.

He walked painfully as if
he still had chiggers
he wore over-sized cast-off trousers,
· with short ragged cuffs;
they were usually held up at the waist
with some sort of old string –
an old tie or a piece of twine.
His shirt was crumpled and tattered,
"more holey than righteous"

His hair was thick, dirty and matted,
he never used a comb.

He could have been called "Thatchy."

Watchie had an enormous appetite,
that he was never able to satisfy.
He never bought his own food
No one had ever seen him spend money.
The bullahs that passed through the
shoeshop used to disappear
"world without end" when Watchie was around.

He would nose out your cooking
and come begging for some.
He loved flour dumplings and rundung.
He would say..." Beg You sumb, and gi' be duff"
He spoke with a stuffed up nose,
so that his em's came out like be's.

Yes, he loved food but
never bought the stuff
Like chickens he would scratch around
for his meals, only his
was no chicken's portion.

He could have been called "Scratchy."

This man called Watchie,
sure was inquisitive,
curious and chatty,
He was dirty and tacky,
grimy and thatchy,
Call him what you will, but he was there.

He used to devour
the flour dumplings
By the hour.
Sure he was greedy,
Yes, he was scratchy,
But, call him what you will, he was there.

He needed someone,
But he had no-one.

My Dad talked to him,
Talked with him,
Listened to him,
Clothed, sheltered,
And fed him,
Simply because...?
He was human,
Somebody's son, and
He was a brother,
And...? He was there.

BUS DRIVE, JAMICAN STYLE

Hell fi me ketch a "Kilsome" teday,
Dis ya bus pack like sawdine tin:
But since it too far fi me walk go deh
Me wi' dis have fi try squeeze een.

Ooman, gwan eena de bus, yaw Ma
Every one a we ha' fi hol'
Missis Queen, me say haul you claaba!
You mus' 'e tink you mek outta gol'

Ooman, dis bump an' bore an' shub een, no!
Whey you a hempsy-skempsy fa, gal?
'Top tek youself tun eena pappy-show
You betta glad fi see any bus at all!

No badda 'pread awf pon me neida,
Dis no hol' awn pon me at all,
Ooman, no tek me mek no pilla, yaw,
You face fava when pudd'n fall.

Look like you lef' you yawd dis mawnin,
Fi come ruku-ruku up mi clothes,
But me a gi' you a serious wanin,
If you waan fi keep you nose.

Jus' go fin' some wey else fi plabs awf,
A wey de hell you a do pon bus?
A mek up you face when me a caugh,
An' a gwan like you so stoshus!

You fava smadie dis come from farrin,
Well you back a yawd now, mi chile,
A so we dweet pon bus out ya dahlin',
Dis is bus drive, Jamaican style!

MISS NANA FROCK

Come ya pickney, try awn da frock ya fi me,
 Me ah sew it fi Miss Nana Droope,
 Tan up pon da bax ya, so mek me see
 Which pawt a de neckline me fe scoop.

Me neva sew from mi Ma gi me birt'
 But a time fi me tun mi han mek fashi'n
So me tell Nana me can cut swing skirt,
 An' a five piece a claat she bring come in.

Wha' mek Nana mus' akse me fi mek peplum
 An' keyhole an' sweethawt neckline,
Puff sleeve wid all kin' a fancy trimmin'?
 Gal! fi you guess is as good as mine.

But dis ya swing skirt ya hill an gully
 Me wi' have fi splice een one li'l "V"
Be de time me pare go right roun' so
 Probly wi' ketch har pon top a har knee.

Pickney tan tudy, me a go cut nung,
Me say no move... whoops! a wha' dat you touch?
Same as de scissors mek swips you ben dung,
 An' cause me fi pare awf too much.

Me coulda tek piece a lace mek one frill
 Wonda if Nana wi' like dis ya style dough?
Wha de juice me fi do wid de frock tail
 Fi hinda it from fayva poppy-show?

Me hear say dem ha new style a farrin,
 All de ooman dem a wear mini-frock,
An dat a de heights a madan fashion,
 Fram Paris right back to New York.

So Miss Nana, me no know ef you ready
 Fi dis fuss an palava, an de to-do...
But de evelin' when you come to Miss Jennie,
 You mini-frock will be ready fi you!

STARR BWOY

Sylvia, de gal you have deh a lyad!
She connivin' an' wicked an' bad!
Me hear har een deh a tell you seh
Mi pickney kick har when dem a play!

Sylvia, mi pickney no kick fi you...
You gal is vengeful an' spiteful too,
Me wi' dis bax har till she black an' blue
Fi tell lie pon mi one pickney, you know!

Sylvia, me say mi pickney no kick
Fi you pickney, is a dirty trick.
You ugly gal a try fi play pon Starr
Wha dat you say? You see when him kick har?

Well me say dat mi pickney no kick fi you,
An' if him even kick har, what you intend to do?
If me say dat Starr don't kick you mawga Dor
Den Sylvia – him jus' doan' kick har!

A ready you ready fi jump dung me t'roat?
Well you can come mek a knock you teet out,
Tell you pickney fi stay way from mine,
An' dat wi' suit me an' you jus' fine!

CUTIE'S WEDDING

Cutie married at last to Biggie
Dem four children was dere, mi chile,
Dear Boy, Boysie, Punkey, Peter,
   All turn out in regal style.
When Parson say, "Speak now or forever
Hold your peace", Right deh so, mi dear,
   Big mouth Pearlie jaw drop dung,
   And she start fi scratch her aise
Cutie mother she faint whey outright,
But Joycie hol' her roun' her wais'.

   Parson say "Who give this ooman
     To be married to this man?"
Maas Obie him straighten up him bow-tie
Step forward "Pleas Sar, h-it is H-I."
And every body happy excep' Pearlie,
   She not feeling at all well,
For Pearlie pickney name Pansey,
Living in Four Paths with Aunt Dell,
Belong to no-one else but Biggie,
   Anybody with eye can tell.

Poor Pearlie, gal, she lose right out,
   Biggie tell her some ole time lie,
Lef' Cutie! Pearlie shoulda doubt.
   You shoulda see de wedding!
When you los' stoshus hat an pretty frock!
   Was a glorious poke affair.
Nuff port wine and black rum cake,
Dere was moreish mannish water,
   Capture some senior curry goat.
   Not a single t'ing was missing,
Plenty Red Stripe beer did deh bout!

   "Katie who woulda believe it?
     Cutie get her man at long last!
Put that in your pipe and smoke it, gal,
     Cutie is Mrs. Prendergast."
   It hot me dear, hush! W'at a ting!
Biggie married! Cutie get the ring!

Part II

GAL AN' BWOY

You goin' to fin' out which pawt wata
Did walk go eena punkin belly.

Native Dawta

CHILL OUT

"Dis ya night ya too hot,
Me waan somet'ing cool,
Man, you a listen or not?
Me say me naw play fool,
Me dey ya a bun up eena de bed,
An all you ah do, saw boad, mek nize a mi head!

Me waan somet'ing cool fi drink,
Me cyan sleep, me cyan sleep not even a wink...
You deh side a me a draw you big snore,
Me naw put up wid i' one minute more!
Git up so go buy somet'ing nice,
An bring back nuff, nuff ice!

A weh de use me say me have gentleman,
Ef when time come him cyan undastan'!
Git up, git up, me say git up go wey
Git up! me na' put up wid i'!
Me cyan tan i' no more!
Git up go t'rough de door!

"Ooman! jus' shut up! Jus' shut yu trap!
Chill out! Chill out! Jus' shut yu big mout'!
Quiet! or a t'ump you eena you head!"
(After that, nothing more was said!)

EBENEEZER WHITE

Hush you mout'! Doan' say a wud!
Wait lickle bit! You t'ink you bad?
Doan' mek a soun, not even peep-peep
Miss Dinah nex' door a try fi sleep.
Though you is mi one son, Ebeneezer White,
Ah goin kill you wid beat'n in ya tonite.

You go fool wid Miss Lynette dawta
You goin to fin' out which part wata
Did walk go eena punkin belly,
Shut up! Maud see you dung de gully!
When a lay me han dem pon you an done
You gwine wish dat you was neva bawn!

A who you roll you big vice pon!
But 'tap! you mus be t'ink you a man!
You jus' fo'teen de odder day ya,
You t'ink de t'ing a go run 'wey?
A goin beat you till you sof' like porridge,
Mek you stop play fool an' tek in knowlidge.

Me know quite well wha' you a pass thru,
For one time me did young like you.
Me neva bawn jus' yeseday, you know,
And de same temptation did face me too.
An you no badda back-chat me neida
Me naa tek no faesiness inside ya.

Oderwise you go right tru dis door,
Tek you bungle an doan come back no more!
Ah goin to lik mischief right outa you 'ead,
Jus go 'way from me! Gwan straight a you bed!
You did out fi get off scot-free like Chuck
Well bway! Puss an dawg doan' have de same luck.

'CRATCH, 'CRATCH

A woman came to the hospital
Carrying a child about two years old,
She nodded politely, then she said:
"Mawnin' Docta, Beg you look pon me pickney."
The Chinese Doctor inquired: "Wha' wrang wid he?"
Mother replied: "'E ha 'cratch-'cratch pon 'im me-me."
The Doctor was baffled, he blushed and said:
"What she 'peak? cratch-cratch, me-me
Me lo undershtan, me lo peaky 'Panish."
The woman said with consternation:
"But see ya Puppa, mi Gad, a wha' dis?
Wey dis ya Docta come from, nuh know English?"
The Nurse, a recent graduate from London,
Jumped in to help with the situation.
She asked: "Mother what's wrong with the baby?
What are you talking about?"
The woman said: "Me nuh know Nuss,
A dat me come ya fi fin' out!"
Nurse somewhat ruffled, took the baby
With:" Let me see, where? Let me see!"
Mother by this time was agitated, she said:
" 'Im me-me Nuss, 'im me-me
'im pe-pe Nuss, im pe-pe
You nuh know? 'im teapot! No, not dat!
'im little somet'ing, see 'im little ting!
Nuss 'im tulus, 'im tulus!
Lawd a massy, Jesus!"
Nurse had been examining the child's face
And then... the penny fell into place...
"Oh! His penis! Yes, yes, yes, yes!"
Mother said: "Nuh dat me say long, long time!
Me dung to tell you eena rhyme."
Then the Doctor began Health Education:
"Pee-nish, Pee-nish,"

Mother repeated her original version:
" 'E ha' 'cratch-'cratch pon 'im me-me
Nurse was now on surer ground,
Blurted out what she had found:

"Doctor, the child has a rash on his penis,
Scabies perhaps, that's my guess."
But Doctor continued to teach:
"Pee-nish, Pee-nish, Call it Motha, Pee-nish."
Mother laughed and became quite coy:
"Noa Docta, me naa call it, dat deh somet'ing!
Dat a so-so trouble, Bway! Ahyee..."

NEVA H'AGAIN

How- ah Faa-der...
Now, now Mother
Wish art...
Whay, wait wait...
Mother, this is great!
Een hay-vain...
Not me Bwoy, neva h'again!

Mother, it's now March
You said that last June'
Hah, hah, hah...
Pant Mother!
hah, hah, hah...
Mother, another!
Mother pant again!
Noh mah, too much pain!

Ha, ha, -low...
Now slow, slow,
Hallow-wade!
Mother, stay in the bed!
Hallowed be dye nyaame!
Mother, that's all in the game!

Ge-eve us (Lawd a mercy, Jesus!)
Now, now, Mother, Push!
Mmm...mmm... Dees day, ay, ay, ay
Mother, push! now you may.

How -ah day...-ay, –aily bread.
Mother, you have a baby boy!
(A beautiful bundle of joy!)

FRONT-END LIFTER

Hello, Hello
Sister Louise?
A callin' fi gi' you
A hot piece a news.
But wait! Ah neahly
Fegat mi mannas,
The firs' t'ing a should say
Is How-di-do, please.
Well de t'ing dat a really wan'
Tell you is nutt'n more dan dis....
A fin' a likkle place, you see
Wid some wandaful produce.
All like how you say dat
You husban' have no use,
Deese t'ings guaranteed
To restore everyt'ing!
Mek him speed like steed,
An' whistle an' sing.
A wey dat you say?
You cyan restore wha'
Maas Archie never had?
Well dis wi' mek him
Rise up from de dead!

Dem have cheyney root,
Strong back, an Irish mash,
Dem deh sinting put fiyah
Eena lazyman profamance!
Tek wey me a tell you Miss Lou,
Me a talk from experience
For fi mi one did almos' gone.
Now de man a gwaan like
Race track stallion!
Now me have fi a look
Sinting fi cool him dung!
Whay, me a tell you
Louise, tek mi advice

It wort' every penny,
Chile, once more life nice!
So awright den a gawn,
Me naa hol' you up no furda.
Run gwaan quick,
Go buy you front-end lifter,
An call me later, Sister dear,
So tell me bout de murder!

ELMAS BROWN'S BURDEN

Lawd a Massi, a how me tyad so?
Me neva get enough sleep laas night,
Ah toss an tun pon mi fedda pillow,
Me git up from cock crow an' day da light.

Me walk go clear dung a Chang cawna shop,
Me, Elmas Brown, go buy mi own *Gleana*.
Me pick up nuff a de dry leaf dem wey drop,
An' den siddung right ya, pon de verandah.

Lawd, me tyad you see! mi life rough man,
Nuff sinting a badda-badda mi 'ead,
Hi Mumsey! how de breakfas' a come awn?
Gi' me a big piece a de hawd dough bread.

De gyadner bwoy whey come week-a-fore laas
Is a lazy, wutliss, good-fi-nutt'n brute,
Me siddung ya a watch de long, long grass
De bwoy say him cut; A wha' do de yout'?

Doan know wha' happen to dis generation,
Rude an fasety, a go fram bad to worse,
No waan do nutt'n fi advance de nation,
Jus' a tek money outta people purse.

Me tyad! as me done eat mi breakfas'
Mi a go back go sleep till 'bout eleven,
A wonda wha' happen to Missa Dawes?
Him usual fi come out ya by seven.

Me no see him come out ya t'ree mawnin'
Dem mus' a run him fram de lili wuk,
Six mout' fi feed an tap wuk widout wawnin'
Him a go walk an' bawl dat him ha' bad luck!

Me too tyad fi wash dem ya dutty plate,
Me a go lef dem till when you come back home,
De feelins dis mawnin' is not too great,
Bwoy me a tell you... feel like mi time come!

When you siddung an read out all de news,
You see how much killin' an ' tief dey bout,
Mek you shudda eena you very shoes,
Is enough fi wear anybody out!

A no lazy me lazy, nor nutt'n
But Bredda, me cyan cope wid dis ya life,
Me prefa go sleep an' blank out wha' happ'n
An' lef de calamity to mi wife.

EGG AN' SPOON STAR

A did know a bwoy name Harry Howlett
Eena every class 'im was de Teacher's pet,
Dis bwoy did mawga an fayva fence lizard,
But 'im was a genius – Arit'metic wizard!

No matta how de sums dem long an haad,
De bwoy use to dis grease dem awf like lard,
Mek you feel shame, it was a disgrace,
You neva know which part fi hide you face.

A bwoy like dat mek all we look dunce,
Not even one time 'im gi' we a chance
Fi win even one a de arit'metic star,
De mawga bwoy use to beat we up by far.

When sports time come, de bwoy was wutliss,
Couldn' jump, couldn' run no distance,
But Harry Howlett use to try prove
Dat 'im coulda get eena de athletic groove.

So 'im enter de race name spoon an' egg,
But 'im problem was him two bandy leg,
When 'im put de egg eena de spoon
An' run wid it, 'im look jus' like a goon.

Soon as 'im sta't run, you know 'im eena trouble,
For 'im foot dem twis 'up an' de egg sta't wobble,
Den de egg, p-a-s-h-a-i drop awf a de spoon, *blap!*
De bwoy sta't bawl... an' de whole school clap!

De more dem clap, de more Harry bawl,
'Im did carry awn, just like a layin' fowl,
'Im try so hawd an' 'im don't get nutt'n,
Excep 'im learn a very important less'n.

From dat day awn de bwoy was change,
'Im whole mannerism was re-arrange,
When sums time come an' de sums dem hawd,
'Im firs' a help you get star pon you cyad.

Part III

NYAMMINS

Check me out eena all de fun
Chief Nyammer at all happnin'.

Native Dawta

TEET' ATTACK

Dahlin' dear, Look! A get mi teet',
A did wait long, but at las'
De good food dat a couldn' eat,
Goin' have fi watch out, and fas'!

Dumplin' beware! Tek warnin', Oh!
Curry goat you goin' to bawl,
When a drop mi teet' pon oonu,
Bex dat a get mi teet' at all!

Ackee, saltfish and roas' breadfruit,
Oonu go fin' gum tree fi climb.
It hat mi hawt, a talk de trut',
Seh me no nyam oonu dis long time.

As to de jerk pork an' roas' yam,
A oonu cause mi teet' fi bruk.
A bungce back wid vengance; now go scram!
From de wrath a mi teet' attack!

A get mi teet'! Mi suffrin' done!
Me naa draw back now from de nyamin',
Check me out eena all de fun,
Chief nyammer at all happnin'.

BANS A NYAMMINS

Miss Gyat, Miss Kate, Miss Sarah!
Mass Ben, Mass P, Passera!!
Oonu come! run quick Miss Dinah,
You no hear wha' happen a Regina?
Pennycooke dem ha cook-out dung dey,
An bans a nyamins a gi' way!

Draw awn you pants, Maas Benji,
Me hear dem ha' fry fish an bammy,
Dis haul awn you skirt yaw, Miss Dine,
Dem dung to a gi' way foreign wine;
See ya gal, me want a senior curry goat,
Fi drap mi teet eena, an tas'e up mi mout'.

"Me a stick to mi native dish,
Me wan' banana, ackee an' saltfish"
"As to me, me naw go deh fi joke,
Me waa' roas yam an' a piece a jerk poke."
"Hush oonu mout', oonu no ketch deh yet,
When oonu ketch, just tek wey oonu get!

Dem say begga man no ha' no ch'ice,
All a oonu tek mi humble advice..."
A who you a call begga, dry foot Gyat?
Tell you de trut', me naw put up wid dat."
"Maas Benji, you dis cool yourself nung,
T'ink bout de tas'e a de mackrel rundung"

"A hope dem share nuff, some a dem so mean!
Me a hol' dung a cowfoot wid broad bean."
"Me feel fi stew peas wid nuff pig's tail
Fi mi min' set pon dat widout fail."
"Gi me goat belly soup an me's content
Awright now! mi nose a pick up de scent."

"Bwaay! See ya! me no like de looks a dat!
We come when mout' a wipe! Man a tun dung pat!
But what a set a people dem craven,
Dem nyam awf everyt'ing, no lef nutt'n.
Janie, you mek we lef' we yawd, run like hell
Ova two mile a gravel, jus' fi get smell?"

"Massey me massa! we come too late!
Oonu chat too much, else we'd a mek out great!
It hot fi true, Mass P, but hush! M'dear, look,
We nevah did gi' nobady nutt'n fi cook!
De nex' time me hear 'bout free nyammin',
Me one a run, me naw carry no fren'.

ANSA TO PRAYER

"How much a poun' fi you bad yam?"
"Ef a fi mi yam you want
You woulda neva nyam!
A wha' you t'ink you a fling?
You t'ink a you...hmm...hmm
No mek me tell you sinting!
But ga lang you fayva wife,
You mash up an mawga
Like smadie used to bad life."

*"How you sell you dry coc'nat?
Dem fayva bud seed!"*
"You naw fine nutt'n betta dan dat
Eena de whole a dis ya mawkit,
Dem a sixpance a piece,
You eider tek it or leave it."

"How you know seh de mango dem sweet?"
"Me personal cyar de suga water
go fling roun' de tree root."
*"Pass one mek me tas'e before me buy,
Me have fi sure seh dem good."*
"Ooman go way, you too blinkin' dry yeye.

You mus 'i t'ink me a eediat
Fi mek you nyam dung mi load
Dem wi' sell wedda you buy dem or not!"
*"Watch gingi fly a falla dem too.
You can keep every one.
An' a hope dem rotten dung pon you!*

Me say when you come a mawkit,
Hell fi you fin' sinting
Fi go home wid eena you baskit."

"Miss Mar when you batta come a town
De ginnal dem dis waan
You good good sinting dem fe nutt'n"

"Lawd, wha me cyan buy wid dis ya two tup?"

"Awright now! me a sell out! Mus go home!
Dahlin' run quick, Come awn! Hurry up."

I DOAN'T EAT 'DAT'

Some ooman haad ea's an' stubban, eeh man!
Cause I man fi do t'ings I an' I naw t'ink bout,
For instance I an' I had was to leggo I man han'
An' bax I an 'I ooman straight cross har mout'.

Mi dear sah, is not a t'ing I an' I proud ah,
An' I man feel shame seh she mek I an' I dweet,
But de ooman know dat I man partickilla
Bout de t'ings dat I an' I drink an' eat.

A no becausen say I man fussy or nutt'n,
But I an' I definitely doan't eat dat,
I man tell har gi' I beef, chicken, fish or mutton,
But I an' I naw nyam de t'ing wid whole heap a fat.

Wha' you t'ink de ooman do, mi dear sah?
She no cook trenton, an' cut him up fine,
Fine, me say, till you no know wey him fayva,
But she could'n lamps dis nosehole of mine.

I man nosehole dem pick up de scent aready,
I an' I know definite dat somet'ing was wrang,
She t'ink if him cut up fine him lose him hidentity,
I an' I had was to discipline har strang.

For dat is dat, and dat cyan change,
Dat is dutty, comman an' unclean,
Wha' Jah-Jah say man no fi try re-arrange,
I man doan't nyam dat, whan' I an' I say, I mean.

Ooman a try pollute I an' I structure,
She bex I man spirit, mek I an' I mad,
Serious t'ing! for I man know I cyan trus' har,
If she dweet again, I man a flash I an' I rad!

I man decide fi organize I an' I kitchen,
I man a go jump roun', an I an' I a go cook,
Hear Rasta now man! I man naw touch de farbidden
I an' I sma'ta dan she... I man live by de Book.

Sma'ta dan who Dread?
You refuse fi go a kitchen,
An' a boas' bout you sma't head!
Tomorrow you goin' to get eena
Dat kitchen an' cook, cook, cook!
Hear I Dready! you doan' even realize
De trick. You live by which Book?
You mighta sma't, but is dis dawta wise!

ME NEVA KNOW

A family as poor as a church mouse,
Lived in a grimy, dirt-floored, thatched house,
Sweltering in misery, in the gully,
Knowing no other life from day to day,
An unemployed, illiterate man, his wife;
Eight hungry children struggling for life.
Mother asked her teen to bathe the toddler,
"Me no have soap," was the glib answer.
The woman became enraged, she said:
"Me neva know seh you have fi ha' soap
fi pickney bade!"

Middle class family as fat as grease,
Living in comfort and every ease,
In a hilltop home with a scenic view,
Which overlooked the poor man's misery.
Husband states that he wants for his meal,
Rice and stew peas with lots of pig's tail.
Wife said she could not get pork to buy,
"Cook it without!" was her spouse's reply.
Wife was astounded, this was her wail:
"Me neva know seh stew peas can cook
Widout pig's tail!"

The two families' lives were poles apart,
"Haves" toward "have nots" showed no tender heart.
Who'll take down the hill, a pot of porridge?
Who'll impart to them a little knowledge?
Who'll lift from poverty, these wretched souls,
Help them to be purposeful and set goals?
Each of us is our brother's keeper –
"Me neva know say we should ignore
one anadda!"

Part IV

FARRIN WORRIES

Me cloak up eena boot an' coat, an' still me a shiva

Native Dawta

NATIVE DAWTA

See me ya now eena mi *Stewart* kilt,
Mi scarf an beret, dress up to de hilt,
Hoa! oonu neva know me hail from Scotlan'
Well oonu lookin at a lass from de Highlan'

Mi granfada fambly was white people,
Dem did come a Jamaica fi spread de gospel,
A man of de clat', him use de *Good Book,*
But as soon as him come him start fi look

Pon de brown gal dem an de cute black chick,
Till him had was to run go get married quick,
De result four generation layta?
Is yours truly ya, a native dawta.

Me go up a Scotlan', go tek a good look,
Dem have nuff, nuff snow and broad wata name Loch
Den ma, ef you hear de people dem chat,
You ha' fi hol' you aise an akse "A wha' dat?"

Ef you t'ink fi we patois soun' one way
Wait till you hear wha' de *Scots* dem a say,
Me go out one night an' laas eena snow,
Neva know wey fi tun or wey fi go...

Fi get me bearins me akse one li' man,
Hear him, *"You purr wee bairn, you purr wee bairn!"*
Me say: "A no barn me want, a smadie yawd"
Hear him: *"Bob Marrley sing you drraw bad carrd,"*

Me say: "True but me cyan talk bout Bob yet,
Me laas, me laas an col' a bus' me shut,'
Him say *"I grrudge Jamaica for the sun,
How could you leave that for our Scotland?"*

Him deh deh a talk, same as me a t'ink,
No me fool a look fi ancestral link,
Me learn mi lesson proper dat col' day,
Ef dem did happy dem would'n a lef dey.

A pack mi grip faas so come back a Jamdung,
A jump awf a de plane an' a kiss de grung,
Dem don't have a t'ing over we, mi chile,
We have sun, sand, sea an we always a smile!

JAMAICA SUITCASE

Hi, nice face man, me name Delores,
cyar a lickle bax eena you han'
fi me no? You doan rispanse
fi nutt'n, nutt'n. You undastan?

You know bax? A liclke t'ing?
Mek outta cyadboard an' tie wid string?
An' is me rispanse fi it. Do!
Say sump'n, nuh, me a chat to you!
"No lo comprende, No lo comprende,"
Wha' dat you say? Massa go whey!

Nuh come warra warra! Shet you mout',
De fuss' t'ing is you nuh even know
wha' me da chat to you 'bout.
A wanda a how me coulda did t'ink
Seh you countenance kin'?
You bloomin' face fayva mule behin'!

Hi Passero! gi' me a lickle bligh
Is jus' a lickle bax, it not too high.
Cyar it comfatable eena you han'...
Lawd, him say Yes, what a lovely man!

Memba say is me rispanse fi it.
It wi' sid dung nice unda you seat.
Bway, time come now fi we brains dem out,
Doan' mek dem cow you dung wid dem mout',
An tu'n you fool, bout it ova-wate,
Jus' tell dem dat you is relate
to de Prime Minista, de numba one
Delores, you cool! gal, you bax get awn!

GAWN A FARRIN BAR

Ina, me jus' get some distressin news,
It gi' me a pain right eena mi head,
Me ha' fi stop wash me dutty clothes
An' fling meself dung eena de bed.

Lawd, I am *mos'* anfortunate,
A no because seh me no try,
Me wuk from daylight so till dawg fraid,
Fi raise mi one likkle pickney bway.

Oneson brighta dan any odder chile
From far up a Ridge come dung a Jubawarin,
Das de reason why me wuk like hell
Fi sen mi pickney mek him go a farrin.

Me neva did waan sen him go deh,
For me hear how dem people badminded,
But every School Teacha tell me seh
How de boy good, him is law intended.

Mi Boonoonoonoos, mi Prize, mi precious Gem,
Gone off a collige fi go tun big lawyer,
Him read out all de big law book dem,
Now him sen' come tell me eena letta

Seh after all de struggles dat him go trough,
Fi pass out de odders an' ketch so far,
De frowzy, bad-minded lawman dem nuh
Facety an' come call him to de bar!!!

Mi bwoy neva ha' fi try so hawd,
An' buss' him shut fi pass exam,
Look how much bar we got a yawd,
Him coulda 'tan right ya, so drink white rum!

I' would'n caas me one single dollar,
Fi him corouse wid Roy an Rufus,
An' seen' as him puppa was a drunkard,
Him woulda did boun' fi come out fus'!

Ina, ah nuh dis me so long a look fah
Me wa' fi see big house an' big cyar,
How me fi face people and tell dem say
Dem call mi sweet Oneson to de bar?

GRANNIE'S PARCEL

Dear Pearlie, Dis is Grannie writin' chile,
 Hopin' dis lickle letta fin' you well,
Gal pickney, a miss you all de while,
 Miss you more dan mi tongue can tell.

Me fret ovah you from daylight till night,
 Me hear say it col' up dey cyan done,
You fi ban' up you head an you aise dem tight,
 Fi hinda you nose hole dem from run.

Memba say mole col' a easy t'ing fi ketch,
 Rub up you'self wid gyalic an' w'ite rum,
No nyam up you'self if you no smell fresh,
 Me waan you fi live fi come back home.

See me deh sen two flannel an' two long drawers,
 Fi protec' you lickle bumsy from all de draaf,
 Me deh go sen' some more later because
Me woulda dead if you go ovah dey go dead awf.

Tek de lickle bungle a cerasee bwile tea,
 Drink i' every mawnin' fi scal' off you ches,
 Purge you blood an clean out you body,
 Fi stan' de col' eena dat wildaness.

See lickle ginja fi keep dung bad feelin'
 Corn 'tarch fi 'top you belly from run
 Oralia bush fi cut way any coughin'
Me waan you back home widout consumption.

When i' come to de badin', pickney gal,
 When you done, kibba an' go to you bed,
A bade an run outta door did kill you Aunt Sal
 When cattarh col' bung up eena har head.

Chile, be cyaful wid you foot pawt dem,
No cyaliss go walk pon no freezin' floo'
Me ban' mi belly sen' you two t'ick stockin'
Fi warm up you foot heel dem an you toe.

De las' ting is reely de fus' mi dawta,
Read you Bible mawnin', noon an' night
Me wi' go dung pon mi knee, beg Gad, do
Fi sen' you back home to me a'right.

P.S. Pearlie, write soon to you Grannie,
Beg you please, doan' fegat fi wear you glove,
Put you head to de book dem an 'tudy,
You Pa say how-di-do, A now, close wid love.

MI MUMMA GAAN

Oonu see how me bad lucky, dough?
Same as me staat fi glide,
Letta come say mi Mumma get one blow
When she a wash, dung a ribba side.

Me come a farrin jus' one year now,
Fi t'ree mont' could'n fin' no wuk,
Me sen' go tell dem dunga yawd how
Dutty a Merca ya, hawd fi bruk.

A dat mi mumma bad-minded naybah
Eena village did waan fi hear,
Dem staat jump like pitchary roun har,
Tell har "I' hot, but hush, me dear!"

Go see how dem labba-labba dem tongue,
When mi mumma, tun har back
So me mek sure sen' telegram go dung,
When me get mi stoshus big-time wuk.

Me is de gyaad a de flea mawkit,
Me walk wid gun eena mi wais'
Any ataclaps gwaan dey, me stop it,
A me one up dey a watch de place!

Fi mi Mumma, me sen dung barrel,
Wid boot an claat an stoshus hat,
An' when she put awn har apparrel
Wear go a church, a so dem chat!

So dem sen' ghos' go dung a ribba side,
Him gi' har one t'ump eena har head,
Bups! De mos' she holler: "Lawd me Gawd!"
An Baps, mi Mumma drap dung dead!

Mi Mumma gaan! Whay! she dead as nit!
Me nuh eediat! me know a obeah!
A grudgeful, bad-minded people dweet,
T'rough dem nuh waan fi see me prospa!

BIG MAN LIKE ME

What a big man like me a do eena dis place?
Wid snow pile up 'pon grung bout six foot high,
Stan' up eena line a wait fi piece a saltfish aise,
Lawd Jesus, tell me now, what is de reason why?

Me cloak up eena boot an' coat, an still a shiva.
Wonda if me wi' live fi go back a Jamaica?
Me a freeze right dung to mi maw an' mi liver,
No me did wrang fe pay me seventy poun' come ya!

Dung a yawd, big man like me have mi nuff helpa,
Now me deh ya a batta an' a cook fi meself,
Mek a doan chat no more before a lose mi tempa,
Big me! a draw dung food awfa supamawkit shelf!

De ting wha' hat me de mos', when you a chat plain-plain,
De eediat dem a say: "Do wha?" an' "I beg your pordon!"
You have fi a say de s-a-m-e ting ova an' ova again,
Fi get de h-ignoramus people dem fi respon'.

Me walk eena shop an' say, "Serve me *Gleana!*"
Anybody wid sense shoulda know dat a wha'.
De ooman stare pon me an' say, "How can I help ya?"
If she so fool-fool wha' she a do a sell newspapa?

Fi buy piece a saltfish, me stan' up w'ole half hour,
Ooman come tell me say sha cyan cut quarter poun'
A say: "You goin' serve me or a write de Prime Minister!
An' tell him 'bout dis serious case a discrimination."

De ooman run go way go call har mawger husban'
Hear him: "Honey, I never know what these colored blokes want,"
Who did tell big man like me fi tek boat come a Englan'?
Fi get me saltfish me did have fi gwan ignorant!"

Right den an' dere me decide fi married to Iris,
A long time she deh deh a badda-badda me fi ring,
Big man like me no suppose fi go through all a dis,
Me goin' tas'e lickle a de ease dat married life bring.

ME WAA' GO HOME

Me tyad a dis ya farrin lan',
It ill-convenient fi true!
Dickens fi wash clothes wid you han',
You jus' no know what' fi do!

Not a tub, not a scrubbin' boa'd,
Not even a ball a blue!
You gi' machine you washin' load
Mek dem tear i' up fi you.

Den when i' come awn to de cookin'
Eena sinting you juck-juck
Me tan up deh an a look in –
A whey de fiyah wha' da cook?

Dat sure fi cause healt' fi bruk dung –
Gi' you all manna a canca,
Me waa' go home go cook a grung,
An wash mi clothes dung eena ribba

Me no have a use fi green cyad
When dem deh a Jamaica a t'ief mi cow,
Me a pack an go back a yawd
An lef' out 'Merica now.

Part V

HOLINESS UNTO DE LAWD

...Dash way doubt an' comman' demon fi Kir Out!

Native Dawta

ME MEAN HOLINESS!

Sista, Dahlin', Puttus, Pet!
Listen to de v'ice a you humble servant,
Every time me tink bout you beautiful face,
Mi hawt go buddup bum an stawt fi race.

Me love you, love you, love you cyan done,
Me waa' de two a we fi dis tun eena one,
Every way me look, every way me tun,
A fi you face me see, bright like de sun!

Me save, sanctify, me ha' mi salvation,
Cyan awffa you much but me ha' good intention,
Me see me an you drapse up, a go dung de aisle,
Wid de choir a sing an de saint dem a smile.

Bredda, beg you move from front a mi face!
You tink me fool? A me you wan' disgrace?
A you Satan sen' fi come fall me down?
Me? abidin sista wey glory boun!

Sista mi dahlin, mi puttus, mi pet!
No badda yourself, you no ha' fi fret,
Me a go tek you so tun you eena queen,
De bigges' queen Pentecaas ever seen!

Hmm... Awright den, me a go try say. "Yes"
But Bredda you know me mean "Holiness"
Me naw go bow to you an call you "Lawd"
If you no decide fi keep fi you wud.

Me tell you mi min', so me wi' say "I do."
Me wi humble meself an' married to you.
But Breda de fus' sign a foolishness.
An me gaaawn, for me mean "Holiness!"

Oh, sista, mi deares', mi puttus, pet!
You goin' to live a life dat you naw go regret,
Sista, sista, I's de happies' wretch,
Fi you holiness me wi' ha' fi try ketch!

WALK THROUGH DE GYADIN

Laawd! Laawd! Laawd!
What a fellowship!
What a intimation!
Walk through de gyadin'
One more time!

CASSIE'S CALLING

Mawning Sista Mattie
Dat was a sweet savice
Come sid dung, me chile
Mek me tell you 'bout dis
Is wandaful, wandaful
   Wandaful news!

A been a-praying fi me callin
An' a so me pray hawd
An' same as a pray
A same so a fast
An' a so me been a-bawlin
Well las' night ya was de las'

A did gawn to bed
Bout ten sinting a nedda
An' all an a sudden
A neva know wedda
A live or a dead
Mi head start fe grow
An' a feel a tinglin
Eena mi big toe.

A see a man you see, mah
Wrap up eena garment
It flowing an' w'ite
'Im head wil' an bushy,
But 'im face bright.

'Im han' me a bundle
'Im doan say a word
A stretch out mi han'
An' touch de handle
Of a sharp shining sword

Mi yeye dem full a wata,
Mi t'eet dem start to knock
Mi heart it a flatta
A was dyin' of shock
Mi stomach tun butta
Frot' full up mi mout'
A drop dung a floor
An' hol awn pon him foot.

An' a bawl out "Dou knowes'
De tree and de root."

A couldn'n raise up
From awf a de floor
From de cawna a me yeye
A see him pass through
De door

Same time a hear a v'ice say –
"Cut dung everyt'ing, from
Dan to Beersheba."

So Mattie mi Sista,
A now have mi power
Fi cut any obeah
An' mek duppy scatter

Every ghos' roun' de place ya
Eena serious position
Cassie is haunted no more
A get me visitation.
So Sista Mattie, leave dat fus'
Is time fi rejoicin
We goin nyam till we belly bus'
Dis is a great mawnin...

FAIT' FE GWAAN

'Top it, 'top it,'top it,
Me say 'top, 'top, 'top!
Not a drop a dat!
Not a drop, not a drop!
Ooman you cyan' lie dung
And drool, drool, drool,
And heng dung you face
Like Maas Mackie mule.

Yes, you ha' you troubles –
Awright den;
Pam ha' troubles, Bam ha' troubles,
Trouble comman to man!
But how you fi dis
quail-up quail-up
When Satan an' him hos'
A rail-up rail-up?

You cyan mek you face look hawd
Like carpenter mail bax!
You know de true an' livin Gawd,
Go tell Him all de fac's!
If you a go drap dung
When you run wid jackass,
What is goin' to happen
When you have Jawdan fi crass?

When ribba come dung
Wata swell a ribba side
It tek fait' fi fine grung
Fi crass de brawd rollin' tide.

Sista! Git up! Git up! Git up!
I say unto you: Git up!
'Top de cow bawlin eena de place,
Tek piece a claat and dry awf you face;

Get dung pon you two knee
An tell Big Massa de story:
Cyar a gi' trouble,
Money cyaa' double,
Pickney a mek puddle,
An de married eena muddle,
Dis 'pread dem out before de t'rone;
Den git up, aile you face, an just gwaan!

Sure as fait' after dat what you see?
Victry! In Jesus name! Victry!

DERE IS A BETTA WAY!

Me a go look fi me baby fada,
Wid vengeance eena mi two yeye,
Cause me know dat me cyan gwaan no furda
Jus' a live pon so-so air pie.

Bway, me a haul back an shot you a bax,
Straight cross you big, broad, ugly face
Me a go leggo ome big ole-time racks
Ena you frowzy, dutty place.

Me a pull out mi gun – Blam! dis Sista
Shoot a hole right through you big head,
Mek it drop an roll, when you a suffa,
Me a go watch you till you dead.

Me mek up mi min' fe charge wid Murda,
Fi dis bad man whey do me wrong,
Hmm... you got it comin', wutliss bredda!
Dis gal a suffa far too long!

"But what will it profit you, My Daughter,
To gain the world an lose your soul?
Are you bent on destroying another,
For transient silver and gold?"

Now wait! Wait! Wait! Hole awn! Ah who say dat?
A whch pawt dat deh v'ice come from?
No me one een ya ah t'ink up me t'ought?
One Nodder Smadie eena de room?

"Jesus is always here to guide and bless,
Stop all your worry and your fears,
Now cease your harsh thoughts of Vengeance.
Jesus cares, will you dry your tears!"

Oh Lawd, have mercy pon mi sinful soul,
Fargive me Lawd Jesus, Please! Do!
A neva know You understan mi role,
An' de t'ings dat a passn' t'rough!

Awright Lawd! a wi' dash way de gun,
A did wrong fi tink bout murda,
Please help me look after mi lickle one,
Ah wi' t'ank you dearest Fada!

"The little ones I love, cherish and bless,
Feed them from my Bounteous Store,
Your sins are all forgiven, Daughter, Rise!
Go in Peace now and sin no more!"

ALLELUJAH, GLORY ALLELUJAH!
(TESTIMONY TIME)

Allelujah! Allelujah!
Glory! Allelujah!
"A love mi Jesus, love Him, love Him,
Love Him, love Him, love Him so tay,
If Him did deh pon eart' ya still,
Dem woulda say me an Him deh'"

Allelujah! Allelujah!
Praise Him Nyame! Allelujah!
"Me get one vision de oder day:
Me see mi Jesus bruck one coc'nat
Den him p'int to de inside an' say:
"You hawt wite and beautiful just like dat."

Allelujah! Allelujah!
One more time! Allelujah!
"A doan put a question to a soul,
Nobody no put no question to me,
Derefore Lawd, is me desiyah an goal,
Fi sid dung an wine an dine wit' Dee."

Allelujah! Allelujah!
Glory to Gad! Allelujah!
"One fine mawnin' when dis life is done,
Me an Jesus dis a go wrap up,
Tangle up, an tie up eena one,
Knot up till nut'n cyan mek we pap;
Tangle up, Tie up,
Knot up, wrap up...
Eena One."

GI ME FULL DELIVERANCE

Lawd a me, a me, a me,
A mean Lawd, it is H-I
Is Miss Sally dawta Suzy
Calling, Oh Lawd, hear mi feeble cry.

You is de Giver of Life, Lawd,
You mek dawg an' puss an' goat;
Help me Lawd, mi life so hawd.
Hungry a squeeze eena mi t'roat.
Mi feel confuse, mi life crosst'read
All kine a pain a tek mi head.

Me cyan fine wha' fi put pon table,
Me feel mi tripe a twist,
Me believe dat You is able
Fi sen' even a lickle crust.
Lawd! mi maw a growl an grumble,
Mi belly a roll an rumble.

Mi six pickney fayva gawlin,
Have pity pon dem neckstring;
Lawd, open You' plentiful han'
An' sen' me some lickle t'ing.
You feed dung to Docta Bud;
You put on clothes pon grass
Me hear Pawson preach de Wud
You died fi people pon de crass.

Lawd, sen' me daily sustenance
An' one more ting a askin'
Gi me full deliverance
From all evil an' chile bearin'.

DRAW DUN...FIYAH

Not a t'ing can beat when you sanctified.
Not a t'ing can conquer dat.
When de hos' a hell a rail gainst you
An a try fi knock you flat.
You have fi open you mout',
Bawl out an' shout,
An' leggo some ole time pryah;
Cut unknown tongue,
Fling youself a grung,
And draw dung wrath an' fiyah.

See ya Tata Janie, you tan tudy
An kibba you mout'!
Say debble a fas' wid you?
Wey de dickens you a chat, bout?
Den Pawson no tell you wha' fi do?
Tan up 'trong an pawn you swo'd.
Tun you roll and quote de wud,
Den tamp you foot
An dash way doubt,
An comman' demon fi Kir Out!

Sista dahling, you akse God pawd'n
'Fore him bex wid you outright,
'Noint you forehead till it glisten
Put up a deuce of a fight!
Wrastle like Jacob till day light,
Heng on tight wid all you might,
Lif' up you v'ice,
Sing an' rej'ice,
Jump an' skip de holy dance,
An' shout fi you deliverance!

Memba, a tellin you again Rej'ice
It mek a worl' of a difference!

CONFESSION
(ME DWEET)

Me neva dweet!
Anybody say me dweet,
Ha' fi tell me dat dem see't
Me doan know what you talkin' bout,
You naw get nutt'n outta mi mout,
Not even as much as a "tweet"
Me an de man neva meet,
De poor man neva even greet
Me. No, me say no, no siree!

De man say so,
But you say no,
Sista. 'Fess up,
For Jesus done know!
Jesus know dat
Me sick an tyad
Fe hear "confess"
...'fess if you sneeze,
...'fess if you cough,
...'fess if you wheeze,
...'fess if you laugh,
...'fess if you whole life off,
Me fed up fi 'fess up!

Sista, it is after eight,
We've been here quite a while,
Brother cleaned his slate,
But you are a pig-headed child!
You are tough!
...and wild!

Aright den, me dweet! me dweet!
Me dweet! oonu satisfy?
Me dweet, me dweet, me dweet!
Goodbye!
Me neva dweet!
But since oonu say a me dweet,
Den Me Dweeeeeeeet!

POOR MAAS TIM
(ONE DAY CHRISTIAN)

De odder day me buck up poor Maas Tim
'Im mash-up mash-up an' fayva callaloo
A one serious sinting did happ'n to 'im,
Now 'im head fayva Anancy cutucoo.

De Bredda usual fi teach an preach good good;
Till Debble tell 'im fi touch-touch an tas'e,
'Im dip him bowl eena nex' man food,
Buck 'im toe dem bad, an fall way from Grace.

One night Maas Tim mek Zion roll an' rock,
'Im preach till 'im wet, 'im plead wid one an' all,
One big-bottom ooman eena one tight red frock
Swips go kneel dung a penitent an' sta't to bawl.

Maas Tim clap 'im han' 'pon har head an' shout.
De ooman fling har two han' roun' 'im ches'
'Im 'tamp 'im foot an' say: "A cast you out!"
De ooman drop a grung an' heave har breas'.

Har red frock ride up an har baggy show,
By den Maas Tim a-sweat jus' like boar hog,
'Im cock 'im head, holler: "Deliverance, oh!"
De ooman jump up an start fi jig an' jog.

A soul come home; dem wind up an Praise de Lawd,
Miss Puncey, de ooman say dat she see de light;
Nex' t'ing you hear Maas Tim a pray a har yawd,
An' a leave from deh eena miggle night.

One night har farm-worker man buss een ...vump!
Miss Puncey an' Maas Tim lock dung eena bed,
An' a right dey so baps! story come to bump...
'Im leggo some t'ump eena Maas Tim head!

Me say a nuff man preach wid fyah a-blaze,
Get cackaty an' bad ways cut dem dung quick
Before you coulda say: "Puss lick mi aise,"
Dem drop buff a grung, an' kin puppa lick.

AN A DONE SAID ALL

Now a tole you once,
An a tole you twice,
An a doan' t'ink dat
A hav' fi tell you t'rice,
So a done said all dat
A ever going to say...

For the Good Book tell you
Obey you parents in the Lawd,
Hear wey me say,
You aise too hawd,
Sid dung right deh, an'
Doan' leave the yard,
Dere is a en' to all
Pickney who don't obey,
An' a done said all
A ever goin' to say...

Honor you fadar an' you madar,
Love you sista an' you bredda
That you days upon de eart' ya
May de long.
An if you falla dis rule
You know you cyan go wrong,
Knock it eena you head
An' learn it like a song.
An' a done said all
A ever goin' to say...

Nowadays pickney,
Stubborn like mule,
Play de ass, an'
Form de fool,
Drop dung eena all
Kin' a trouble

No wan' fi do de t'ing
Dat dem know is noble;
Mek dem parents hav' fi hol'
Dem belly-bottom an' bawl.
Obey you parents in the Lawd
For dis is right,
Agains' dis principle
No badda buck an' fight.
An a done said all
A ever goin' to say...

A goin' say one more t'ing
An den shut mi mout'
For ah would'n feel good
If a lef dis out –
Do to everybody whey
You want dem do to you
Me learn dat eena Sunday school,
Teacha say dem call it "The Golden Rule"

Me know from mi yeye
Dem deh a mi knee
Dat dis rule good
Fi all a we.
Big Massa gi' de orders
Say a so we fi live
Be kin' to odders
Love and fagive.
When Big Massa talk
You know we ha' fi list'n
Tek een everyt'ing
No mek nutt'n missin'
An a done said all
A ever going to say
A say a done said all
A have nutt'n more to say!

ABOUT THE AUTHOR

Ivy Armstrong draws from the tapestried landscape of her biography; as her quest for self fulfillment led her to England, The Cayman Islands, Scotland and The United States of America, ever returning to her homeland and maintaining her romance with things Jamaican. A British-trained Registered Nurse, she served Jamaica in Public Health, graduated Cum Laude in the study of Sociology while in The Cayman Islands and holds a Master's Degree in Public Health from the University of Glasgow.

Miss Ivy is capably bearing the torch lit by Jamaica's ancestral griots and storytellers, carried through the slave centuries, burned on in the lives of Claude McKay, and Una Morrison, blazed in the unparalleled works of Louise Bennett-Coverly, Ranny Williams, Charles Hyatt...and on through the efforts of herself and contemporaries like Malachi Smith, Mutabaruka, and Joan Andrea Hutchinson; to present and promote Jamaican nationalism through literary art.

So, sit with your family and friends and roll with laughter as you journey to Jamaica, guided by this "NATIVE DAWTA."